Kの昇天

或《あるい》はKの溺死《できし》

梶井基次郎＋しらこ

初出：「青空」1926年10月

梶井基次郎

明治34年（1901年）大阪府生まれ。同人誌「青空」で活動するが、少年時代からの肺結核が悪化。初めての創作集『檸檬』刊行の翌年、31歳の若さで郷里大阪にて逝去した。「乙女の本棚」シリーズでは本作のほかに、『檸檬』（梶井基次郎＋げみ）がある。

しらこ

岐阜県生まれ、東京都在住。大学で建築とデザインの勉強をした後、海外の技法書を読んで風景画と色彩理論を学ぶ。現在は書籍の装画を中心に活動中。青山塾イラストレーション科 第21期修了。著書に『ILLUSTRATION MAKING & VISUAL BOOK しらこ』がある。

お手紙によりますと、あなたはK君の溺死《できし》について、それが過失だったろうか、自殺だったろうか、自殺ならば、それが何に原因しているのだろう、あるいは不治の病をはかなんで死んだのではなかろうかと様《さま》ざまに思い悩んでいられるようであります。そしてわずか一《ひ》と月ほどの間に、あの療養地のN海岸で偶然にも、K君と相識ったという、一面識もない私にお手紙を下さるようになったのだと思います。私はあなたのお手紙ではじめてK君の彼地《かのち》での溺死を知ったのです。私は大層おどろきました。と同時に「K君はとうとう月世界へ行った」と思ったのです。どうして私がそんな奇異なことを思ったか、それを私は今ここでお話しようと思っています。それはあるいはK君の死の謎を解く一つの鍵であるかも知れないと思うからです。

それはいつ頃だったたか、私がNへ行ってはじめての満月の晩です。私は病気の故《せい》でその頃夜がどうしても眠れないのでした。その晩もとうとう寝床を起きて仕舞《しま》いまして、幸い月夜でもあり、旅館を出て、錯落《さくらく》とした松樹の影を踏みながら砂浜へ出て行きました。引きあげられた漁船や、地引網を捲《ま》く轆轤《ろくろ》などが白い砂に鮮《あざや》かな影をおとしている外《ほか》、浜には何の人影もありませんでした。干潮で荒い浪《なみ》が月光に砕けながらどうどうと打寄せていました。私は煙草をつけながら漁船のともにヽヽ腰を下して海を眺めていました。夜はもうかなり更《ふ》けていました。

しばらくして私が眼を砂浜の方に転じましたとき、私は砂浜に私以外のもう一人の人を発見しました。それがK君だったのです。しかしその時はK君という人を私は未だ知りませんでした。その晩、それから、はじめて私達は互いに名乗り合ったのですから。

私は折おりその人影を見返りました。そのうちに私はだんだん奇異の念を起してゆきました。というのは、その人影——K君——は私と三四十歩も距《へだた》っていたでしょうか、海を見るというのでもなく、全く私に背を向けて、砂浜を前に進んだり、後に退いたり、と思うと立ち留ったり、そんなことばかりしていたのです。私はその人がなにか落し物でも捜《さが》しているのだろうかと思いました。首は砂の上を視凝《みつ》めているらしく、前に傾いていたのですから。しかしそれにしては蹋《かが》むこともしない、足で砂を分けて見ることもしない。満月で随分明るいのですけれど、火を点《つ》けて見る様子もない。

私は海を見ては合間合間に、その人影に注意し出しました。奇異の念は増《ま》ます募《つの》ってゆきました。そしてついには、その人影が一度もこっちを見返らず、全く私に背を向けて動作しているのを幸い、じっとそれを見続けはじめました。不思議な戦慄《せんりつ》が私を通り抜けました。その人影のなにか魅《ひ》かれているような様子が私に感じたのです。私は海の方に向き直って口笛を吹きはじめました。それがはじめは無意識にだったのですが、あるいは人影になにかの効果を及ぼすかも知れないと思うようになり、それは意識的になりました。私ははじめシューベルトの「海辺にて」を吹きました。御存じでしょうが、それはハイネの詩に作曲したもので、私の好きな歌の一つなのです。それからやはりハイネの詩の「ドッペルゲンゲル」。これは「二重人格」と言うのでしょうか。これも私の好きな歌なのでした。

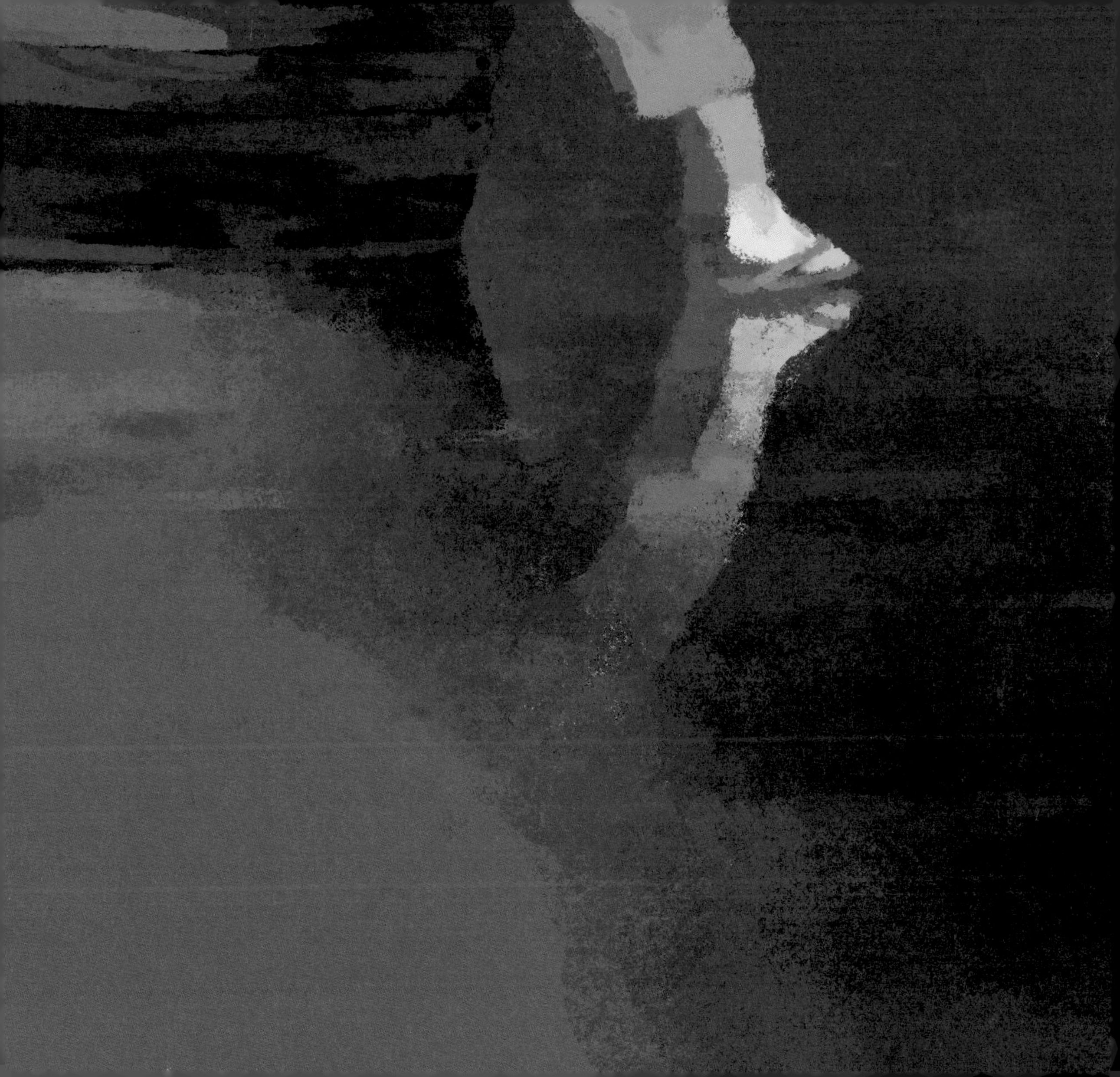

口笛を吹きながら、私の心は落ちついて来ました。やはり落し物だ、と思いました。そう思うより外、その奇異な人影の動作を、どう想像することが出来ましょう。そして私は思いました。あの人は煙草を喫《の》まないから燐寸《マッチ》がないのだ。それは私が持っている。とにかくなにか非常に大切なものを落したのだろう。私は燐寸を手に持ちました。そしてその人影の方へ歩きはじめました。その人影に私の口笛は何の効果もなかったのです。相変わらず、進んだり、退いたり、立ち留ったり、の動作を続けているのです。近寄ってゆく私の足音にも気がつかないようでした。ふと私はビクッとしました。あの人は影を踏んでいる。もし落し物なら影を背にしてこちらを向いて捜す筈だ。

天心をややに外れた月が私の歩いて行く砂の上にも一尺程の影を作っていました。私はきっとなにかだとは思いましたが、やはり人影の方へ歩いてゆきました。そして二三間《げん》手前で、思い切って、

「何か落し物をなさったのですか」

とかなり大きい声で呼びかけてみました。手の燐寸を示すようにして。

「落し物でしたら燐寸がありますよ」

次にはそう言う積りだったのです。しかし落し物ではなさそうだと悟った以上、この言葉はその人影に話しかける私の手段に過ぎませんでした。

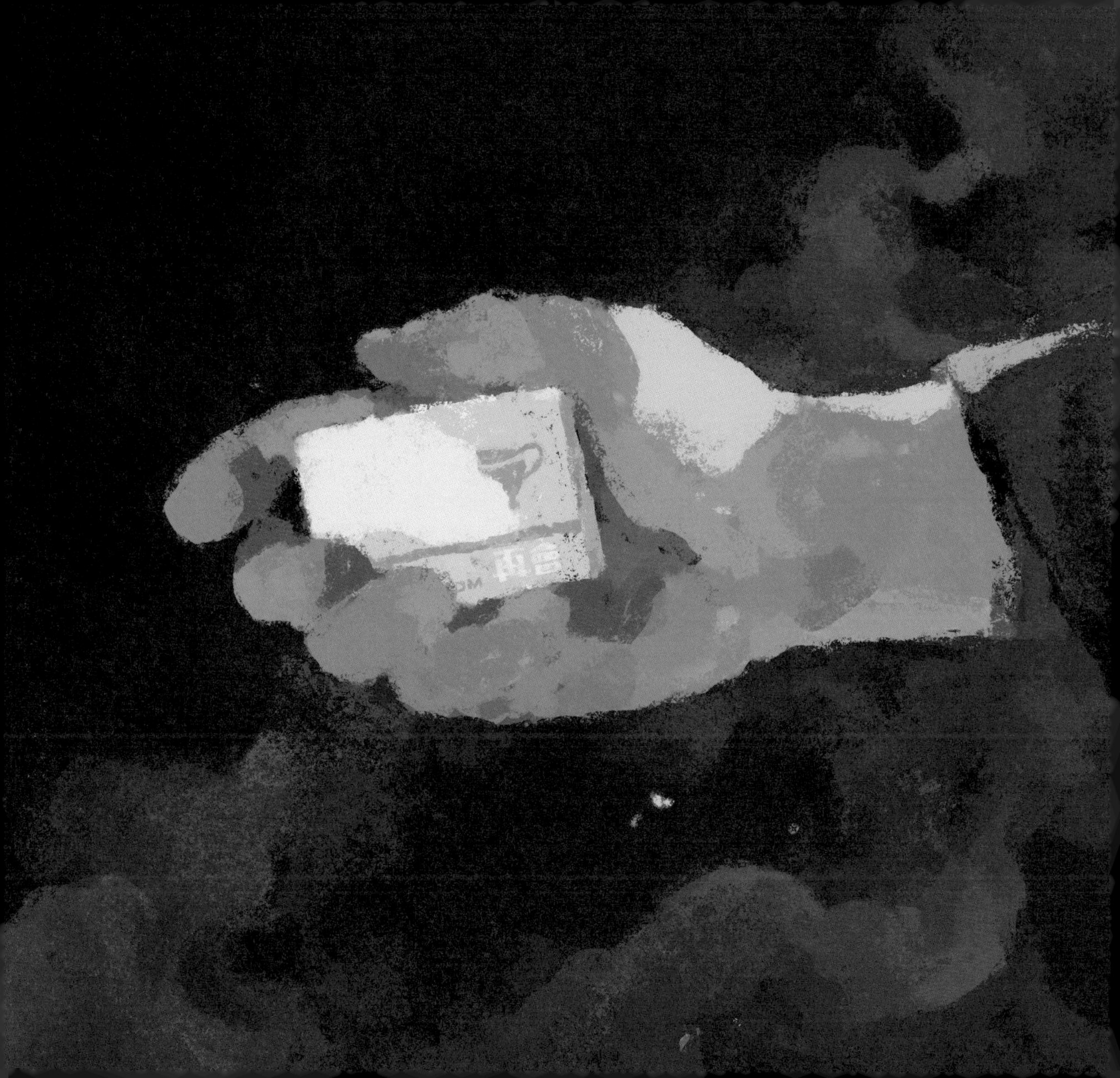

最初の言葉でその人は私の方を振り向きました。「のっぺらぽー」そんなことを不知《しら》不識《ずしらず》の間に思っていましたので、それは私にとって非常に怖ろしい瞬間でした。

月光がその人の高い鼻を滑りました。私はその人の深い瞳《ひとみ》を見ました。と、その顔は、なにか極《きま》り悪る気な貌《かお》に変ってゆきました。

「なんでもないんです」

澄んだ声でした。そして微笑がその口のあたりに漾《ただよ》いました。

私とK君とが口を利いたのは、こんな風な奇異な事件がそのはじまりでした。そして私達はその夜から親しい間柄になったのです。

しばらくして私達は再び私の腰かけていた漁船のとも、、へ返りました。そして、

「本当に一体何をしていたんです」

というようなことから、K君はぼつぼつそのことを説き明かしてくれました。でも、はじめの間はなにか躊躇《ちゅうちょ》していたようですけれど。

K君は自分の影を見ていた、と申しました。そしてそれは阿片《アヘン》の如きものだ、と申しました。

あなたにもそれが突飛でありましょうように、それは私にも実に突飛でした。

夜光虫が美しく光る海を前にして、K君はその不思議な謂《い》われをぼちぼち話してくれました。

影程《ほど》不思議なものはないとK君は言いました。君もやって見れば、必ず経験するだろう。影をじーっと視凝《みつ》めておると、そのなかにだんだん生物の相があらわれて来る。外《ほか》でもない自分自身の姿なのだが。それは電燈の光線のようなものでは駄目だ。月の光が一番いい。何故ということは言わないが、――という訳は、自分は自分の経験でそう信じるようになったので、あるいは私自身にしかそうであるのに過ぎないかも知れない。またそれが客観的に最上であるにしたところで、どんな根拠でそうなのか、それは非常に深遠なことと思います。どうして人間の頭でそんなことがわかるものですか。――これがK君の口調でしたね。何よりもK君は自分の感じに頼り、その感じの由《よ》って来たる所を説明の出来ない神秘のなかに置いていていました。

ところで、月光による自分の影を視凝《みつ》めているとそのなかに生物の気配があらわれて来る。それは月光が平行光線であるため、砂に写った影が、自分の形と等しいということがあるが、しかしそんなことはわかり切った話だ。その影も短いのがいい。一尺二尺くらいのがいいいと思う。そして静止している方が精神が統一されていいが、影は少し揺れ動く方がいいのだ。自分が行ったり戻ったり立留ったりしていたのはそのためだ。雑穀屋が小豆《あずき》の屑《くず》を盆の上で捜すように、影を揺って御覧なさい。そしてそれをじーっと視凝《みつ》めていると、そのうちに自分の姿がだんだん見えて来るのです。そうです、それは「気配」の域を越えて「見えるもの」の領分へ入って来るのです。――こうK君は申しました。そして、「先刻あなたはシューベルトの『ドッペルゲンゲル』を口笛で吹いてはいなかったですか」

「ええ。吹いていましたよ」

と私は答えました。やはり聞こえてはいたのだ、と私は思いました。

「影と『ドッペルゲンゲル』。私はこの二つに、月夜になれば憑《つ》かれるんですよ。この世のものでないというような、そんなものを見たときの感じ。――その感じになじんでいると、現実の世界が全く身に合わなく思われて来るのです。だから昼間は阿片喫煙者のように倦怠《けんたい》です」

とK君は言いました。

自分の姿が見えて来る。不思議はそればかりではない。だんだん姿があらわれて来るに随《したが》って、影の自分は彼自身の人格を持ちはじめ、それにつれてこちらの自分はだんだん気持が杳《はる》かになって、或る瞬間から月へ向って、スースーッと昇って行く。それは気持で何物とも言えませんが、まあ魂《たましい》とでも言うのでしょう。それが月から射し下ろして来る光線を溯《さかのぼ》って、それはなんとも言えぬ気持で、昇天してゆくのです。

K君はここを話すとき、その瞳《ひとみ》はじっと私の瞳に魅《みい》り非常に緊張した様子でした。そしてそこで何かを思いついたように、微笑でもってその緊張を弛《ゆる》めました。

「シラノが月へ行く方法を並べたてるところがありますね。これはその今一つの方法ですよ。でも、ジュール・ラフォルグの詩にあるように

哀れなる哉《かな》、イカルスが幾人も来ては落っこちる。

私も何遍やってもおっこちるんですよ」
そう言ってK君は笑いました。

その奇異な初対面の夜から、私達は毎日訪ね合ったり、一緒に散歩したりするようになりました。月が欠けるに随《したが》って、K君もあんな夜更けに海へ出ることはなくなりました。

ある朝、私は日の出を見に海辺に立っていたことがありました。そのときK君も早起きしたのか、同じくやって来ました。そして、ちょうど太陽の光の反射のなかへ漕ぎ入った船を見たとき、

「あの逆光線の船は完全に影絵じゃありませんか」

と突然私に反問しました。K君の心では、その船の実体が、逆に影絵のように見えるのが、影が実体に見えることの逆説的な証明になると思ったのでしょう。

「熱心ですね」

と私が言ったら、K君は笑っていました。

Ｋ君はまた、朝海の真向《まっこう》から昇る太陽の光で作ったのだという、等身のシルウェットを幾枚か持っていました。

そしてこんなことを話しました。

「私が高等学校の寄宿舎にいたとき、よその部屋でしたが、一人美少年がいましてね、それが机に向かっている姿を誰が描いたのか、部屋の壁へ、電燈で写したシルウェットですね。その上を墨でなすって描いてあるのです。それがとてもヴィヴィッドでしてね、私はよくその部屋へ行ったものです」

そんなことまで話すＫ君でした。聞きただしては見なかったのですが、あるいはそれがはじまりかも知れませんね。

私があなたの御手紙で、K君の溺死を読んだとき、最も先に私の心象に浮んだのは、あの最初の夜の、奇異なK君の後姿でした。そして私は直ぐ、

「K君は月へ登ってしまったのだ」

と感じました。そしてK君の死体が浜辺に打ちあげられてあった、その前日は、まちがいもなく満月ではありませんか。私は唯《ただ》今《いま》本暦を開いてそれを確めたのです。

私がK君と一緒にいました一と月程の間、その外にこれと言って自殺される原因になるようなものを、私は感じませんでした。でも、その一と月程の間に私がやや健康を取戻し、こちらへ帰る決心が出来るようになったのに反し、K君の病気は徐々に進んでいたように思われます。K君の瞳はだんだん深く澄んで来、頰《ほお》はだんだんこけ、あの高い鼻柱が目に立って硬く秀《ひい》でて参ったように覚えています。

K君は、影は阿片の如きものだ、と言っていました。もし私の直感が正鵠《せいこく》を射抜いていましたら、影がK君を奪ったのです。しかし私はその直感を固執するのでありません。私自身にとってもその直感は参考にしか過ぎないのです。本当の死因、それは私にとっても五里霧中であります。

しかし私はその直感を土台にして、その不幸な満月の夜のことを仮に組立ててみようと思います。

その夜の月齢は十五・二であります。月の出が六時三十分。十一時四十七分が月の南中する時刻と本暦には記載されています。私はK君が海へ歩み入ったのはこの時刻の前後ではないかと思うのです。私がはじめてK君の後姿を、あの満月の夜に砂浜に見出したのもほぼ南中の時刻だったのですから。そしてもう一歩想像を進めるならば、月が少し西へ傾きはじめた頃と思います。もしそうとすればK君の所謂《いわゆる》一尺乃至《ないし》二尺の影は北側といってもやや東に偏した方向に落ちる訳で、K君はその影を追いながら海岸線を斜に海へ歩み入ったことになります。

K君は病と共に精神が鋭く尖《とが》り、その夜は影が本当に「見えるもの」になったのだと思われます。肩が現われ、頸《くび》が顕われ、微《かす》かな眩暈《めまい》の如きものを覚えると共に、「気配」のなかからついに頭が見えはじめ、そして或る瞬間が過ぎて、K君の魂は月光の流れに逆らいながら徐々に月の方へ登ってゆきます。K君の身体はだんだん意識の支配を失い、無意識な歩みは一歩一歩海へ近づいて行くのです。影の方の彼はついに一箇の人格を持ちました。K君の魂はなお高く昇天してゆきます。そしてその形骸は影の彼に導かれつつ、機械人形のように海へ歩み入ったのではないでしょうか。次いで干潮時の高い浪《なみ》がK君を海中へ仆《たお》します。もしそのとき形骸に感覚が蘇《よみがえ》ってくれば、魂はそれと共に元へ帰ったのであります。

哀れなるかな、イカルスが幾人も来ては落っこちる。

K君はそれを墜落と呼んでいました。もし今度も墜落であったなら、泳ぎのできるK君です。溺れることはなかった筈です。

K君の身体は仆れると共に沖へ運ばれました。感覚はまだ蘇りません。次の浪が浜辺へ引き摺りあげました。感覚はまだ帰りません。また沖へ引去られ、また浜辺へ叩きつけられました。しかも魂は月の方へ昇天してゆくのです。

ついに肉体は無感覚で終りました。干潮は十一時五十六分と記載されています。その時刻の激浪《げきろう》に形骸の翻弄《ほんろう》を委《ゆだ》ねたまま、K君の魂は月へ月へ、飛翔《ひしょう》し去ったのであります。

※本書には、現在の観点から見ると差別用語と取られかねない表現が含まれていますが、原文の歴史性を考慮してそのままとしました。

乙女の本棚シリーズ

『女生徒』
太宰治＋今井キラ

『押絵と旅する男』
江戸川乱歩＋しきみ

『外科室』
泉鏡花＋ホノジロトヲジ

『猫町』
萩原朔太郎＋しきみ

『瓶詰地獄』
夢野久作＋ホノジロトヲジ

『赤とんぼ』
新美南吉＋ねこ助

『葉桜と魔笛』
太宰治＋紗久楽さわ

『蜜柑』
芥川龍之介＋げみ

『月夜とめがね』
小川未明＋げみ

『檸檬』
梶井基次郎＋げみ

『夢十夜』
夏目漱石＋しきみ

『夜長姫と耳男』
坂口安吾＋夜汽車

『桜の森の満開の下』
坂口安吾＋しきみ

『魔術師』
谷崎潤一郎＋しきみ

『刺青』
谷崎潤一郎＋夜汽車

『死後の恋』
夢野久作＋ホノジロトヲジ

『人間椅子』
江戸川乱歩＋ホノジロトヲジ

『詩集『抒情小曲集』より』
室生犀星＋げみ

『山月記』
中島敦＋ねこ助

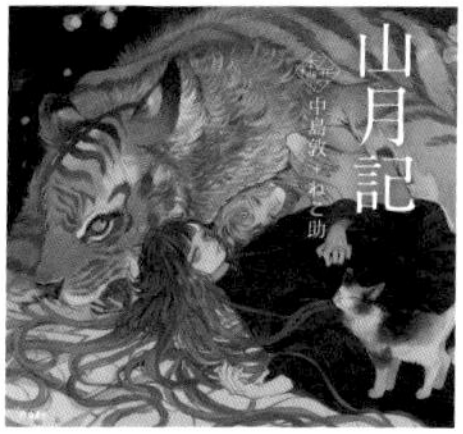

『春は馬車に乗って』
横光利一＋いとうあつき

『Kの昇天』
梶井基次郎＋しらこ

『秘密』
谷崎潤一郎＋マツオヒロミ

『魚服記』
太宰治＋ねこ助

定価：1980円（本体1800円＋税10%）

Kの昇天

著者　梶井 基次郎
絵　しらこ

発行人　古森 優
編集長　山口 一光
デザイン　根本 綾子(Karon)
担当編集　切刀 匠

発行：立東舎

印刷・製本：株式会社廣済堂